LANTERNAS AO NIRVANA

FELIPE FRANCO MUNHOZ

LANTERNAS AO NIRVANA

1ª edição

EDITORA RECORD
RIO DE JANEIRO • SÃO PAULO

2022

EDITOR-EXECUTIVO
Rodrigo Lacerda

GERENTE EDITORIAL
Duda Costa

ASSISTENTES EDITORIAIS
Thaís Lima, Beatriz Ramalho, Caíque Gomes e Nathalia Necchy (estagiária)

PREPARAÇÃO DE ORIGINAL
Diogo Henriques

REVISÃO
Claudia Moreira e Renato Carvalho

DIAGRAMAÇÃO
Mayara Kelly (estagiária)

CIP-BRASIL. CATALOGAÇÃO NA PUBLICAÇÃO
SINDICATO NACIONAL DOS EDITORES DE LIVROS, RJ

M932L   Munhoz, Felipe Franco, 1990-
         Lanternas ao nirvana / Felipe Franco Munhoz. – 1. ed. – Rio de Janeiro: Record, 2022.

         ISBN 978-65-5587-388-7

         1. Poesia brasileira. I. Título.

21-74755   CDD: 869.1
                       CDU: 82-1(81)

Camila Donis Hartmann – Bibliotecária – CRB-7/6472

Copyright © Felipe Franco Munhoz, 2022

Todos os direitos reservados. Proibida a reprodução, armazenamento ou transmissão de partes deste livro, através de quaisquer meios, sem prévia autorização por escrito.

Texto revisado segundo o novo Acordo Ortográfico da Língua Portuguesa.

Direitos exclusivos desta edição reservados pela
EDITORA RECORD LTDA.
Rua Argentina, 171 – Rio de Janeiro, RJ – 20921-380 – Tel.: (21) 2585-2000.

Impresso no Brasil

ISBN 978-65-5587-388-7

Seja um leitor preferencial Record.
Cadastre-se em www.record.com.br
e receba informações sobre nossos
lançamentos e nossas promoções.

Atendimento e venda direta ao leitor:
sac@record.com.br

São Paulo, 2020. Sem qualquer perspectiva de prazos, mas com a impressão de que não duraria tanto, o isolamento absoluto, motivado pela disseminação do Sars-CoV-2, foi voluntariamente iniciado por mim na tarde do dia 14 de março (após um evento literário de que participei, pela manhã, na Biblioteca Parque Villa-Lobos). Eliane, minha esposa, iniciou seu confinamento no dia 13. Eduardo, meu enteado, no dia 16.

Para o diretor de arte e para o médico
(hiperexperientes, ambos,
em desenhos de mapas
para labirintos delirados
por este amigo inquieto) ———
Lucas Adam e Nikolas Kim.

Personagens

Coro *de infiel multidão – de eus líricos*
Vírus-Infecção, voz em *off*
Ela
Ele
?
?
Paciente / Ex-Paciente
Anestesista
Mefistófeles
Penny
Detetive
Beatriz
M.
W.
Suposto Mefistófeles
Caronte
Pneumologista
Enfermeira
Pneumologista intrínseca
Enfermeira intrínseca
Pai intrínseco
Penny intrínsec(a?, o?, -?)
Ariadne intrínseca
Astronauta, apicultora?, intrínseca
Anônima intrínseca

cortina–Voz   *cortina*–Voz   *cortina*–Voz   *cortina*–Voz   *cortina*
–Voz   *cortina*–Voz   *cortina*–Voz   *cortina*–Voz   *cortina*–Voz
cortina–Voz   *cortina*–Voz   *cortina*–Voz   *cortina*–Voz   *cortina*
–Voz   *cortina*–Voz   *cortina*–Voz   *cortina*–Voz   *cortina*–Voz
cortina–Voz   *cortina*–Voz   *cortina*–Voz   *cortina*–Voz   *cortina*
–Voz   *cortina*–Voz   *cortina*–Voz   *cortina*–Voz   *cortina*–Voz
cortina–Voz   *cortina*–Voz   *cortina*–Voz   *cortina*–Voz   *cortina*
–Voz   *cortina*–Voz   *cortina*–Voz   *cortina*–Voz   *cortina*–Voz
cortina–Voz   *cortina*–Voz   *cortina*–Voz   *cortina*–Voz   *cortina*
–Voz   *cortina*–Voz   *cortina*–Voz   *cortina*–Voz   *cortina*–Voz
cortina–Voz   *cortina*–Voz   *cortina*–Voz   *cortina*–Voz   *cortina*
–Voz   *cortina*–Voz   *cortina*–Voz   *cortina*–Voz   *cortina*–Voz
cortina–Voz   *cortina*–Voz   *cortina*–Voz   *cortina*–Voz   *cortina*
–Voz   *cortina*–Voz   *cortina*–Voz   *cortina*–Voz   *cortina*–Voz
cortina–Voz   *cortina*–Voz   *cortina*–Voz   *cortina*–Voz   *cortina*
–Voz   *cortina*–Voz   *cortina*–Voz   *cortina*–Voz   *cortina*–Voz
cortina–Voz   *cortina*–Voz   *cortina*–Voz   *cortina*–Voz   *cortina*
–Voz   *cortina*–Voz   *cortina*–Voz   *cortina*–Voz   *cortina*–Voz
cortina–Voz   *cortina*–Voz   *cortina*–Voz   *cortina*–Voz   *cortina*
–Voz   *cortina*–Voz   *cortina*–Voz   *cortina*–Voz   *cortina*–Voz
cortina–Voz   *cortina*–Voz   *cortina*–Voz   *cortina*–Voz   *cortina*
–Voz   *cortina*–Voz   *cortina*–Voz   *cortina*–Voz   *cortina*–Voz
cortina–Voz   *cortina*–Voz   *cortina*–Voz   *cortina*–Voz   *cortina*
–Voz   *cortina*–Voz   *cortina*–Voz   *cortina*–Voz   *cortina*–Voz
cortina–Voz   *cortina*–Voz   *cortina*–Voz   *cortina*–Voz   *cortina*
–Voz   *cortina*–Voz   *cortina*–Voz   *cortina*–Voz   *cortina*–Voz
cortina–Voz   *cortina*–Voz   *cortina*–Voz   *cortina*–Voz   *cortina*

– Voz *cortina* – Voz *cortina* – Voz *cortina* – Voz *cortina* – Voz
cortina – Voz *cortina* – Voz *cortina* – Voz *cortina* – Voz *cortina*
– Voz *cortina* – Voz *cortina* – Voz *cortina* – Voz *cortina* – Voz
cortina – Voz *cortina* – Voz *cortina* – Voz *cortina* – Voz *cortina*
– Voz *cortina* – Voz *cortina* – Voz *cortina* – Voz *cortina* – Voz
cortina – Voz *cortina* – Voz *cortina* – Voz *cortina* – Voz *cortina*
– Voz *cortina* – Voz *cortina* – Voz *cortina* – Voz *cortina* – Voz
cortina – Voz *cortina* – Voz *cortina* – Voz *cortina* – Voz *cortina*
– Voz *cortina* – Voz *cortina* – Voz *cortina* – Voz *cortina* – Voz
cortina – Voz *cortina* – Voz *cortina* – Voz *cortina* – Voz *cortina*
– Voz *cortina* – Voz *cortina* – Voz *cortina* – Voz *cortina* – Voz
cortina – Voz *cortina* – Voz *cortina* – Voz *cortina* – Voz *cortina*
– Voz *cortina* – Voz *cortina* – Voz *cortina* – Voz *cortina* – Voz
cortina – Voz *cortina* – Voz *cortina* – Voz *cortina* – Voz *cortina*
– Voz *cortina* – Voz *cortina* – Voz *cortina* – Voz *cortina* – Voz
cortina – Voz *cortina* – Voz *cortina* – Voz *cortina* – Voz *cortina*
– Voz *cortina* – Voz *cortina* – Voz *cortina* – Voz *cortina* – Voz
cortina – Voz *cortina* – Voz *cortina* – Voz *cortina* – Voz *cortina*
– Voz *cortina* – Voz *cortina* – Voz *cortina* – Voz *cortina* – Voz
cortina – Voz *cortina* – Voz *cortina* – Voz *cortina* – Voz *cortina*
– Voz *cortina* – Voz *cortina* – Voz *cortina* – Voz *cortina* – Voz
cortina – Voz *cortina* – Voz *cortina* – Voz *cortina* – Voz *cortina*
– Voz *cortina* – Voz *cortina* – Voz *cortina* – Voz *cortina* – Voz
cortina – Voz *cortina* – Voz *cortina* – Voz *cortina* – Voz *cortina*
– Voz *cortina* – Voz *cortina* – Voz *cortina* – Voz *cortina* – Voz

Do isolamento absoluto

Segundo andar: defronte, estou ———

——— A pomba pousa: peso ao fio –
balança, lá, na breve dança.

Um, dois,
       a sós.

Calada, vela?; vida: mansa?

       Mas já?
                                    Voou.

Tirita, absurdo, um vão: vazio.

                              17/3,
                           3ª manhã

Armadilhas incubadas ———

——— Janelas-ilhas: mudas, vibram juntas Medo;

%SpO2
71

será que sou, do amargo, pólvora?, epicentro?;
será que trago, à língua *Jaz*, brutal segredo?;
será que a porta foi trancada – vírus dentro?

22/3,
9ª noite

Até que a noite

Sufoco tempos, frestas e gargantas.
Meu nome?, Não, é Nunca, Nada mais.
A cada frase, um ponto: angústias, tantas.
Mergulho, farta, em teus porões finais.

Voraz, em plena agrura, dor, prospero.
Prossigo até que falte, ao mundo, a voz.
Prossigo até que reste, em tudo, zero.
Prossigo até que o teu amor, algoz.

> *Começa a tocar Oito Batutas: Urubu;*
> *em 1'57", 1'53" (o solo de flauta de*
> *Pixinguinha reincide em justo compasso).*

Espalho-me: difundo *sangue, inferno.*
Tramando a veste interna aos teus pulmões.
Difundo-me: carrego *susto eterno.*
Prossigo até que um lacre nos caixões.

> *Em 1'57", 1'53" (o solo de flauta de*
> *Pixinguinha reincide em justo compasso).*
> *Em 1'57", 1'53" (o solo de flauta de*
> *Pixinguinha reincide em justo compasso).*

Prossigo, eu juro, até que a noite – extrema.
Que, bruto escuro, apague-se o poema.

2/4,
19ª manhã

Parêntesis

— Penumbra paulistana. Dois prédios, vizinhos, separam-se por um vão de cerca de três metros. Ela e Ele ocupam, em andar indeterminado, janelas frente a frente. Com as luminárias principais das duas salas apagadas, pouco se distingue dos interiores. Ela está de olhos fechados.

------ *cerca de três metros* ------
Ela [*abrindo os olhos*] Não.

Ele *Não?*

Ela Por diversos motivos. Não. E não foi isso o que eu disse, juntos.

Ele *Diversos?* Desenrola-se, agora, a contagem regressiva de motivos; pois, atenção. Um?

Ela [*risos?*] Linguístico. Por exemplo. Defina a palavra Relacionamento.

Ele pega: dicionário.

Ele Relacionamento, vejamos; relacionamento. Erre, rê, rél – conforme o dicionário, este, o dicionário à mão, primeira acepção, *ato ou efeito de relacionar-se*. Com o pronome reflexivo entre parêntesis; dado

que imprime sua relevância.
Relevância, primeira,
*qualidade de relevante, et
cetera, aquilo que se destaca em
escala comparativa, et cetera,*
no atual cenário.

Ele guarda: dicionário.

Ela Dado: o pronome
reflexivo entre parênteses?

Ele No atual cenário – que
cinge tudo, e todos, com
parêntesis. Corpos e o tempo.

Ela *Id est*: a razão,
uma janela adiante; o gozo
da razão, uma janela
adiante.

Ele Você diz *Não*, mas eu
posso, dedos estalados, fechar a
janela. E: *Finis*. Não posso?

Ela Fechar a janela.
Seu *E: Finis*, porém,
jamais. O fim
de uma hipótese?

Ele Peculiar. Quando, nas
últimas quatro semanas, você
perdeu a razão?

Ela A cada segundo?
A cada segundo –
entre parêntesis? Ou,
quando você diz *o tempo*,
você diz o tempo total?

Ele 'Round about midnight, Miles Davis, lançado em quatro de março de mil novecentos e cinquenta e sete. O, digamos, parêntesis da faixa 'Round midnight – separando a metade que parece cópula, mas dentro de um confessionário, da metade que, então, sai para alguma rua noturna

Ela [*aparte?*] Alguma.

                com letreiros em neon e suspiros e convites,

Ela [*aparte?*] Alguma.

               antes de, talvez frustrada?, escorregar para o desfecho que, impiedoso, derrete a rua noturna, derrete a melodia, derrete o quinteto inteiro – tem dezesseis segundos e oitenta e três milésimos. Eu cronometrei. A partir da pausa brusca, enquanto Miles puxa o freio de seu Ré, atravessando as cinco investidas, Láá-Láá-LááááLáá-Láá, sustenidos, ao nocaute em Dó sustenido, agudíssimo: dezesseis segundos e oitenta e três milésimos. O parêntesis que contém a maior búria de

sensações da história, surras
e beijos e bombas de variadas
intensidades, pressões,
texturas. Minúcias-gestos,
nesse intervalo, minúcias-
-manobras humanas
salientam-se perceptíveis:
pulmões, músculos, tendões.
Gira, o disco de vinil, três mil
quatrocentos e cinquenta e seis
graus. Eu contei.

Ela Direto da agulha
para o fone de ouvido
wireless, via *bluetooth*.
Contrapontos? Não
consigo, não consigo
mais; e não tenho
certeza se–

Ele Deseja?

Ela Adapta-se
a velha vida, certo?
Desde – quando? – Platão?
Desde?, antes ainda? E,
de repente, receio,
deduzo que o elástico,
de tão esticado, gasto,
de tão esticado, exausto,
arrebentou-se. E,
de repente, perdi a certeza:
perdi a certeza de termos
o direito.

Ela Você mantém o cronômetro, além do dicionário jactante, à mão?

Ele O direito de adaptarmos e readaptarmos a *República*, o *Banquete*, por séculos – aos rastros da pós-modernidade?

Ele Nada que esteve à mão nas últimas semanas pode ter deixado de estar.

Ele pega: cronômetro.

Ela Nada.

Ele No máximo, está, estará, a um apartamento – pequeno – de distância.

Ela Dezesseis segundos e oitenta e – quantos? – milésimos.

Ele Oitenta e três.

Ela Preparada.

Ela e Ele engolem silêncios por dezesseis segundos e oitenta e três milésimos. De São Paulo, escuta-se parco deslocamento: escuta-se o brando; exceto pelo trovão, seco, estéril, que ribomba acima, e pela sirene que passa ao longe.

Ele Pronto. Escutou a sirene?

Ele guarda: cronômetro.

[25]

Ela Estou escutando.

Ele Mas?: passou.

Ela Não. Não passou. É
ensurdecedora, gravada,
enterrada no risco no disco
dos rastros da
pós-modernidade; rastros
que principiam, por sinal,
momento a momento,
a cada segundo?, a esfriar.
Ficam: sulcos gélidos.
E fica: a agulha saltitante-
tante-tan-ta-tal-talvez–

Ele Talvez frustrada?

Ela Talvez a pior coisa:
perder a certeza.

Ele pega: dicionário.

Ele [*risos?*] Jactante, vejamos. Cê
– primeira, *qualidade, caráter
ou virtude do que é certo ou
considerado certo, et cetera, o que
não oferece dúvida, et cetera.*

Ele guarda: dicionário.

Ela [*risos?*] Perder
o que não oferece dúvida –
simultâneo à razão,
para completar. Caos.
O que resta?

[26]

Ele Nem mesmo o tempo, aos corpos. Parêntesis distintos. Quando eu digo *o tempo*, cingido, é o tempo que se perdeu do tempo que, na história, prossegue. Há um intervalo – suspenso: disperso tanto da metade prévia quanto da metade posterior. Para nós, resta o nulo.

Ela Sombras.

Silêncio.
Ela estica seu braço
   para fora da janela.

   Ele estica seu braço
      para fora da janela.
         Não se tocam.

Ele Quase?

Ela Mas seria imprudente, inseguro, de qualquer maneira.

Ele Por quê? Se estamos, individualmente, isolados. *Home office. Home office.* Há sete semanas. *Home office.* Livres da incubação–

Ela Correspondência: grande ameaça.
Entregas: grande ameaça, idem. O corredor, ao lixo:

idem. Quando, recente,
você levou o lixo?

Ele Foi hoje.

Ela Treze dias, portanto.

Ele Sempre: hoje.

Ela Treze dias, portanto,
sempre. Treze dias
com potência para
que se manifeste o terror.

Ele De qual forma resolver as
curiosidades – infinitas – que
armazeno sobre o seu cheiro?,
sobre a sua pele?, o seu gosto?
De qual forma saciá-las?

Ela Meu cheiro:
grande ameaça.
Minha pele:
grande ameaça,
idem. Meu gosto?

Ele Ameaça magna?

Ela *** [*incompreensível*]

Ele Ameaça magna?

Ela pega: lanterna.

Ela Você teria
a sua lanterna, por acaso,
além do dicionário
e do cronômetro, à mão?,
ou, no máximo,
a um apartamento –
pequeno – de distância?

                  Ele Claro.

Ele pega: lanterna.

    Ela Minha vez?

Ele fecha os olhos. Ela posiciona o facho de luz contra sua própria mão: a sombra da mão projeta-se no apartamento vizinho; a sombra de sua mão passeia pelo rosto e pelo corpo de Ele. Existe Deleite? Ela suspira. Lanterna: Ela desliga e guarda. E fecha os olhos. É a vez de Ele, que posiciona o facho de luz contra sua própria mão: a sombra da mão projeta-se no apartamento vizinho; a sombra de sua mão passeia pelo rosto e pelo corpo de Ela. Existe Deleite? Ele suspira.

                  Ele Eu amo você.

Ela [*de olhos fechados*]
Eu amo você – é somente
a ideia do amor. Amor.
Alcançá-lo de fato? Ilusão.
Porque, afinal, compreendi:
elástico arrebentado,
não temos o direito, mais,
de ocupar aquele espaço –
que dominamos
e destruímos, readaptando
a *República*, o *Banquete*,
para fora dos parêntesis.
Ficam sulcos gélidos;
ficamos, aqui, reticências?,
aprisionados em fissuras.

                Ele Mas: o relacionamento.

Ela [*de olhos fechados*]
Melancólico jogo – sexo? –
de sombras,
na melhor hipótese.
Amor?

       Ele Mas–

Ela [*de olhos fechados*]
Amor? O que sabemos,
do outro, na verdade?

       Ele Relevos? Recortes?

Ela [*de olhos fechados*]
É suficiente, a superfície?
Pouco se distingue,
dos interiores.

Lanterna: Ele desliga e guarda.

       Ele Você acredita, convicta, que
       somos – juntos – apenas uma
       hipótese?
------ *cerca de três metros* ------
Ela [*abrindo os olhos*] Não.

Começa a tocar Miles Davis: 'Round midnight; *em* loop *(entre 2'41" e 2'58": o parêntesis de dezesseis segundos e oitenta e três milésimos) – durante o excerto, ribomba um trovão seco, estéril, misturando-se ao quinteto; além de uma sirene, passando ao longe. A cada repetição, contudo, a sirene ressoa com redobrada persistência e redobrada intensidade, mais e mais próxima, até se transformar, impiedosa, na cáustica massa de som contínua, violenta, ensurdecedora, da qual ninguém, vivo, escapará.*

          16/4,
          33ª manhã

Anatomia do Paraíso, disparo tchekhoviano

Inscrita, no início, maçã *proibida*
(inserta em libido: um farol, cravada),

não queira aguardar, do final, mais nada,
exceto que a fruta será comida.

23/4,
41ª noite

No aguardo

lançando línguas, arqueiro – norte: o lodo-reflexo;
nenhum ponteiro se afasta (e trai, do porto, o suporte);
valsando medos, gorjetas, comprimidos e sexo;

> *Comme nostre naissance*
> *nous apporta la naissance*
> *de toutes choses, aussi fera*
> *la mort de toutes choses,*
> *nostre mort.*

vivemos, juntos, no aguardo,
em fixa escola da morte;

jogando cartas e, mais, em pauta, velhas piadas;
forjada, ao cerne, a montanha – leso, atraso o transporte;
relendo ensaios, milhares de navalhas: guardadas;

> *You know, the things*
> *I've come to know*
> *seem so confusing.*

vivemos, juntos, no aguardo,
em fixa escola da morte;

detrás do fole, do eclipse, estrelas?: túnel estreito;
desgraça, genes, o jeito, essência, excesso de sorte;
fincando a prece candente: ao solo, avesso, do peito;

28/4,
46ª noite

As bocas

—— *Decibel:* ———. *Bifurcado casal reencontra-se após longo período.* ———. *A intimidade preexistente foi, mistério?, reconfigurada.* ———. *E as experiências.* ———.
Elas foram, mistério?, nas arquiteturas, nos esqueletos, reconfiguradas. ———. *Monólito.* ———. *Monólito. No cômodo: é tudo grave.* ———. *Tentativas mútuas de contato físico sucumbem a repelências involuntárias. Ímã polo pânico.* ———. *Ímã polo pânico.* ———. *Nos corpos: é tudo frágil.* ———. *Antes que as máscaras (uma: cirúrgica, verde esmeralda; a outra: com padrões geométricos bicolores, roxo e laranja), enfim, sejam removidas, alguém toma a iniciativa da fala. Não se identifica, entretanto, qual dos personagens.*

? [*com voz trôpega*] Tornaram-se, agora, as bocas, obscenas?

9/5,
56ª manhã

Trânsito pedestre ———

——— São corpos, com tramas-texturas –
mil trapos – que tremem, sublimes;
vão: portas de trevas futuras;
                    portas e chaves;
                    trevas e chagas;
vêm: prestes a *cenas de crimes.*

11/5,
58ª manhã

Duelo

Não os arredores de São Petersburgo. Não os arredores de Moscou. Não os litorais do Cáucaso. (Não as ofensas. Não as coragens. Não os cavalos. Não os lusco-fuscos matinais. Não Oniêguin, não Lensky. Não as clareiras. Não Bazárov, não Pável. Não as neves. Não Von Koren, não Laiévski. Não os padrinhos. Não os demônios. Não as regras. Não os doze passos. Não as indiferenças de oponentes que degustam cerejas. Não os vacilos. Não os gatilhos: não os tiros para as nuvens – e: não remetendo ao estampido estúpido que amordaçou Púchkin, não remetendo ao estampido estúpido que amordaçou Liêrmontov.) Um campo domiciliar de batalha.

Pungente, avança com zunir;
defendo e, raiva!, ataco: falho;
revida, adverso, em ir e vir.
Convexo, em frasco, *ué?: grisalho*

(por uma chispa, a vida vem
à mente, inteira: mil memórias:
tristezas vêm; paixões, também;
gigante, a lama; algumas glórias).

Porém, à vista, a esgrima Zás;
desperto, grito, sem demora;
seu corpo, tonto?, ao muro, audaz?,
o meu rival, de pronto, escora.

Tal cal: jazigo; entregue a mim?
Cansado ator de frio duelo,
desfiro um golpe – inflijo o fim
do inseto egípcio, em meu chinelo.

5/6,
83ª manhã

*Drama's Vitallest Expression – is the
Common Day
That arise and set about Us –
Other Tragedy*

20/6,
99ª noite

Perish in the Recitation –
This – the best enact
When the Audience is scattered
And the Boxes shut –

22/6,
100º dia completo

Deus / Cão

Tornei-me, ao seu lado,
palavras impressas
na boca da traça.
Tornei-me devasso,
perverso, enredado
por foscas promessas
de vidro que embaça,
que espera estilhaço.

Tornei-me, ao seu lado,
lembranças dispersas,
confusas, constantes.
Tornei-me detritos,
ruído espaçado,
murmúrios, conversas;
em fila, semblantes
desfeitos e aflitos.

        Que depois deste ocaso,
        eu seja o seu Deus.
        Que, depois deste ocaso,
        eu seja o seu Cão.
        Muito além dos ninguéns:
        infiel multidão – de eus.

Tornei-me, ao seu lado,
baralhos de ossadas;
e aposto nas dores,
nos dados, destinos;
e assopro um tornado:
migalhas marcadas.
Tornei-me assessores.
Tornei-me assassinos.

24/6,
102º

Preâmbulo de uma *Cortina*

—— O lapso específico
da infecção:
qual?

Foi: domingo, sete de junho, 22:32 [durante uma *prefiro arriscar
perambulação noturna para espairecer: porque assim não dá
mais*, quando estourou {trombone e surdina} a tosse {abafada,
bloqueada} rente, seca, daquele vulto de que, marquise-máscara,
pouco se entrevia]?

                    Não?

O lapso específico
da infecção:
qual?

Foi: segunda-feira, oito de junho, 14:46 [durante a incursão
número cinco ao supermercado (porque, desta vez, o detergente
plástico amassado, porque a louça vociferando Louça), quando,
procedimento espontâneo, irrefreável, bombardeei-me com certo
impulso trágico: indicador esquerdo, olho esquerdo]?

Paciente [*ofegante*] Propofol?

                    Não?

O lapso específico
da infecção:
qual?

Foi: sexta-feira, doze de junho, 11:19 [durante a trajetória do elevador, retida, itinerário a *Tem um pacote para você*, quando uma astronauta, apicultora?, surgiu à porta, no sétimo andar, e, em pavores conosco, em pavores com a perspectiva de compartilharmos um cubículo, sentenciou, veloz, *Pode ir, eu pego o seguinte*]?

Anestesista [*meneando a cabeça afirmativamente*] Propofol.

Não?

O lapso específico
da infecção:
qual?

Foi: sexta-feira, doze de junho, 11:21 [durante a trajetória do elevador alçando-se ao décimo oitavo, quando o pacote ainda enigmático, seis quilos?, compacto, de trinta centímetros por cinquenta, esbarrou na exata ilhota (virgem?, metáfora ruim) de pele de antebraço não purificada a posteriori, uma displicência, pelo sagrado Gel]?

Não?

Cortina.

1/7,
109º

Para o amanhã ———

——— Calado, ele trein
>   *a*
>   *dar*
>   *a*
>   *mão*;
de novo:
>   *dar*
>   *a*
>   *mão* –
perfeito
>   –
forçando Sorriso,
perfeito espantalho
diante do espelho.

19/7,
127º

Preso + Pacto

~~Июль~~
~~Москва, Россия~~
~~Казимир «Чёрный»~~
~~сигареты~~

Mefistófeles, materializado, cospe um paradoxo.

> quadrada,
> mesmo,
> a cela,
>
> atrela *encruzilhada*

24/7,
132º

A cena mais profana

Tanto feito o Minotauro faminto
quanto feito o fio que, tenro, socorre,
meu sussurro, de repente, percorre
cada fresta – fundo em seu labirinto:

> quase altar e quase arena
> com lanternas ao nirvana;
> da proposta mais obscena
> para a cena mais profana.

Falsa Rússia, do impossível, revelo,
quando acendo um verso-flerte no quarto;
faz-se a flama, assim, com ares de infarto;
passa o timbre, meu, roçando o martelo:

> quase altar e quase arena
> com lanternas ao nirvana;
> da proposta mais obscena
> para a cena mais profana.

Tanto a graça que reprime um alarme,
quanto a gota que, tsunami, retorna,
lanço ao molde, aliterando com charme,
várias flechas – nos canais, à bigorna:

quase altar e quase arena
com lanternas ao nirvana;
da proposta mais obscena
para a cena mais profana.

28/7,
136º

Ítaca

Costura o *presente*, Penny;
concentra-se: peça: teias;

(elipse entrosando elipse
                de Pêndulo de Foucault);

no estúdio, costura dias
em dias; gangorras; dias;
em julho, costura agosto.

Sob poliéster Made in Pakistan, *que recobre o tórax de Penny – poliéster inflando, retrocedendo, inflando suavemente: fôlego –, explicitam-se comedidas percussões, à palidez epidérmica, do coração latente. Percussões indecifráveis? Sob algodão* Made in China, *que recobre a genitália de Penny – informa a etiqueta* 100% Cotton *–, estimulam-se Fagulhas, mina de fagulhas, do sistema circulatório (ígneo) latente. Fagulhas, indecifráveis? Penny coça: pé descalço em pé descalço; Penny trança: coxa despida em coxa despida, uma tesoura; Penny, com distração de nau à deriva, cantarola Julia Wolfe:* Fire in my mouth: II. Factory.

14/8,
153º

Breve narrativa policial

Capítulo 02 – CO2 – Sars-CoV-2

O detetive levantou – movimento que duraria três *vapt-* sinapses *-vupt* – sua máscara: cujo forro *lã?* carregava, impregnado, o constrito cheiro *de horas, devo lavar esta máscara, de hoje, e a preta e a outra branca (e, apito, alçadas do balançante cilindro metálico da máquina, a preta, sutis halteres aquosos, e a outra branca e a branca, de hoje, limpas, penduradas no varal, novos limites apensos a cuecas, meias, calcinhas, camisas, pijamas, tudo ao vento, a camisola da filha sem a filha, P, sem vida, murchos limites de corpos)* do próprio hálito; era o tecido privado *lã?* mesclando, *enjoo, ranço* à trama *confecção caseira* imperceptível, Gengiva, Tártaro, Cáries e uma profusão de termos *ai!* odontológicos *Qual escova de dentes você costuma–?* desfavoráveis. *Eu não ganho pelo marketing, mas eu* O tecido privado, a mandíbula magicamente, má, ecoada, fel, consistente, repulsiva. Bélica. Enquanto Oxigênio, dez centímetros à garganta *Agora o bochecho, agora*, das paredes da laringe ao término do mergulho, cruzava tal castigada cavidade bucal *vinte e sete anos de cigarro; maços: adolescência*, o detetive levantou – rápida reação automática, movimento minúsculo – a pele de sua testa: ondulando catorze rugas e reposicionando, um triz mais acima no poliedro <u>adj. s.m. / 2 diz-se do ou o que tem muitas faces</u> do rosto, sua rala dupla de sobrancelhas *disfarçou, até que bem, tamanha sujeira*; disfarçou *Pode guspir* tamanha sujeira confidencial *é guspir ou cuspir?*, lia, o depósito secreto. Esgoto. Podre. Alvéolos <u>a. pulmonar / *anat* fundo de saco do pulmão formado pela dilatação dos bronquíolos</u> e o regresso de gás carbônico: infectado? *infâmia; devo procurar um dentista decente quando sobrar um* **Beatriz** [*em vias de infarto?*] Peço que o senhor coloque a máscara, por favor.

[57]

Capítulo Cara a cara

Detetive E, hm; ninguém saiu? **Beatriz** E ninguém mais havia entrado. Interdito. Desde março. **Detetive** E a senhora é?, em relação a– **Beatriz** Sou parente. Mas não de sangue. O senhor pode parar. Isso de. De *senhora*. O senhor pode *Você*. **Detetive** E você vive–? **Beatriz** É provisório. Para ajudar. O provisório: relógio submerso em formol. **Detetive** E você estava–? **Beatriz** Dormindo. Com remédios, inclusive. **Detetive** E você percebeu qualquer–? **Beatriz** Nada. Eu. **Detetive** Eu? **Beatriz** Nada. Eu acho que. A habilidade. Sumiu. Nenhum bate-papo. Desde o confinamento. Exceto nós. Nós, aqui. Ausente o cara a cara. Sua máscara, diferente das máscaras da televisão. Exceto os aplicativos. O senhor chegou de lá, do povo. Com matéria. Com aroma. Com roupas. Com cabelo. Com sapato. O senhor é *lá, o povo*. Mãos não me abalam. Porque– **Detetive** Álcool. **Beatriz** Álcool. **Beatriz** Mangas, todavia, resvalantes; onde? Mechas, aderentes. Par de solas, de bombas: violentas. O senhor é cataclísmico. Sumiu. A habilidade. Em definitivo. Eu serviria café. Cápsula. Peço que me perdoe. **Detetive** Estou fazendo o meu trabalho, senhora. Só. E: a recíproca é válida, senhora. **Beatriz** Inválida. Março. Desde março, confinada. **Detetive** E quem garante, senhora? A senhora pode, hm; pode *provar* a tenacidade? **Beatriz** Meu celular, quiçá? O GPS? **Detetive** E quem garante que a senhora não saiu sem o celular, quiçá, e, mera consequência, irrastreável? **Beatriz** A câmera do elevador? **Detetive** E quem garante, pois, que a senhora não utilizou a escada de incêndio? **Beatriz** Há câmeras de segurança na portaria, no edifício. **Detetive** E quem garante, senhora, que a senhora não conhece os espectros de abrangência das câmeras de segurança do edifício? **Beatriz**

Capítulo Eu trouxe a fita amarela

É um apartamento de classe média, de três dormitórios; um deles, setentrional na unidade, uma suíte – dimensões médias – com banheira de hidromassagem – média –, além do boxe com chuveiro a gás. Há mais dois banheiros: no oposto, austral, anexo à lavanderia, há o magro banheiro-com-chuveiro-elétrico-sobre-o-vaso-sanitário-vinculado-à-pequena-pia; e, no arquipélago, à direita no corredor que une a sala aos quartos, com chuveiro a gás, há o banheiro que serve tanto os dois quartos restantes quanto eventuais visitas. Há, portanto, uma sala de estar: perímetro de L – médio –, um *L* atarracado. É um apartamento de classe média. Há um terraço na sala, transpassando as cortinas de indiscretos padrões florais. Faz frio. Vãos talham a paisagem de: horizonte mais prédios baixos mais galhos e folhas. Duas araucárias, em destaque, rangentes, emitem súplicas: cachoeiras. Oitavo andar. A cozinha, nota-se *de imediato*, é, em parte, reformada. (**Beatriz** O idiota que, três-quatro anos atrás, morava no apartamento, explodiu álcool na cozinha. Álcool. Matou a namorada. Barateou este imóvel, o maldito, na época. Publicaram na imprensa. Acontece que: avalanche. Que: a internet soterra o tempo. Que: a tecnologia, mutável, lucros, lucros, evolui veloz. E três-quatro anos, eternidade. Pluft. Fogos passados.) A cozinha, *não de imediato, porém* nota-se, apresenta marcas de incêndio. O oitavo andar: o topo do edifício; localiza-se no bairro Campo Comprido. *L* atarracado afora, há mais cinco portas: 801, 803, 804, a CONFIRA do elevador e a MANTENHA FECHADA corta-fogo, para a escada de incêndio. Escada abaixo, seis andares mais o térreo; escada acima, casa das máquinas MANTENHA FECHADA: ordem acatada à risca, no caso. (**Detetive** Preciso abrir o cadeado. Quem, afinal, teria a chave?)

Capítulo Amor

[...] Não, é evidente que você não pode. [...] Perigoso porque: muito perigoso. [...] Eu sei, mas o seu pai é. O seu pai é fumante. [...] Eu sei, Liúba: sei que *na rua*, mas não estou em uma festa na casa de Foda-se Quem, entendeu?; estou na porra de uma investigação. [...] Estou calmo, filhota; cochichando no microfone invisível. [...] A gente pede pizza quando eu– [...] Calabresa. A gente escolhe uma série. Escolhe um filme; clássico: sessão cinema. [...] Tente baixar, hm; *Rear window*? [...] Sim, o diretor; sim. Achou? [...] Viu?, maravilha. Vou desligar. Tenho que– [...] Você estuda, Liubótchka, você– [...] Terríveis. [...] Calhou de ser *o pior ano para o vestibular*, eu sei. [...] Não se preocupe com *a data da prova*. [...] Argumento irrefutável: *impossível de aguentar*. [...] É duro. [...] Logo cessa, filha. [...] A farsa. [...] Marx. [...] No momento? No telhado de um prédio. [...] Bastante. [...] A jaqueta. [...] É. A de couro. [...] Diga, hm; diga que você não obteve autorização. [...] Diga, então, que você pegou resfriado. [...] Ah; concordo, concordo. Então, que você prefere manter o seu pai vivo; manter o seu pai vivo para, ao menos, ele terminar de pagar as prestações do carro que, em fevereiro– [...] Brincadeira. [...] Eu sei: eu não sou *uma carteira aberta, um banco*; brincadeira insossa. [...] E eu, hipérboles, você, meu Amor. [...] Filha, vou desligar. Tenho que– [...] No queixo, ridículo. Para respirar. [...] Completamente sozinho. [...] Tente baixar *Vertigo*. [...] Ela sentiria calafrios, Ô; bastava– [...] Não; sem choro, sem choro. [...] Seria melhor, seria, *milhares de vezes*; mas– [...] Ela permanece, Liúba: indelével. [...] O vigente *indeletável*. [...] Na recordação, agarrada. [...] Para quem planejava sair– [...] Não planejava? A caixa da pizza, o menor dos riscos. [...] Higienizo detalhes, eu prometo. [...]

Capítulo Uma testemunha

Não fosse a incomunicabilidade *intransponível muro fisiológico*, o detetive resolveria seu problema: questão de minutos, de poucas perguntas. Porque há, sim, uma testemunha que, posicionada no ponto perfeito, com ângulo supino, panorâmico, à porta do apartamento, a única porta, entrada, saída, certamente enxergou quem se envolveu no torpe alvoroço da madrugada anterior. Uma testemunha pluriocular. * E o detetive, ingressando na unidade – o pé direito sobrepairava a soleira para juntar-se ao esquerdo –, constatou, de esguelha, sua presença. Interferência visual chamativa; pincelada de Seurat (com vida e mobilidade e hábitos, ádvena?) desprendida. Na microvereda que antecede o *L* da sala, perto da linha, de, engano, aspecto cinzento, que liga o teto à parede, repousava tranquilo, acrônico?, o pequeno, temerário, veemente volume castanho. Vertical. As cortinas *flor e flor e flor* da sala, fechadas, impediam que a luminosidade externa invadisse o ambiente de modo mais homogêneo: impondo fracassos, fora de turno, às três lâmpadas do recinto; realçando Teto e Linha e Parede e o Volume. No entanto, na estultícia, o veemente não se importava com desassossegos bípedes enormes e rasteiros. Não. O veemente espreita. Espreita. Espreita. O veemente, instante oportuno posto, obedece: a anseios arremessados por milimétricos e silentes abismos do âmago. Nulo monólogo, voz intransliterável da química. O veemente, macho?, fêmea?, violino, *Partita n. 3 em Mi Maior, BWV 1006: III. Gavotte en Rondeau*, cumprindo sua leve, aleatória?, circunstância no planeta, um ano, dois anos, persegue reles instintos, reles, vitais, em direção a: refeições e reprodução da espécie; caça e cópula, caça e cópula, <u>avec des répétitions obligées [...] refrain et de plusieurs couplets</u> caça e cópula.

[61]

Capítulo Desfecho

Detetive Esqueci minha bengala. **Beatriz** Fique à vontade; fique– **Detetive** No terraço, eu; castão de bronze. Esqueci; você, a senhora, você– **Beatriz** Acostuma-se à–? **Detetive** Buscaria para mim? **Beatriz** Potência de cataclismo. **Detetive** Buscaria–? **Beatriz** Que loucura, a gigantesca loucura: dissoluta? Não *loucura*. *De hospício*. Paranoia. Gigantesca paranoia: dissoluta. Comecei a gostar– **Detetive** Minha bengala– **Beatriz** Gostar da sua presença. **Detetive** Buscaria para mim? **Beatriz** Da sua peçonha. Da sua intromissão. **Detetive** Buscaria–? **Beatriz** Do seu aroma: tabaco. Forte. Das suas interrogações? *E quem garante?, e quem garante?, e quem garante?* Fique... **Detetive** Não. Não convém. **Beatriz** Fique... **Detetive** Porque: é o meu trabalho e porque– **Beatriz** Fique... **Detetive** Porque: hm; eu– **Beatriz** Fique... **Detetive** Combinei uma *sessão cinema* com– **Beatriz** Fique... **Detetive** Para amenizar o tédio. São ardilezas. Para expandir o vago. Preencher a compartilhada solidão. Eventos domésticos– **Beatriz** Fique... **Detetive** Combinei *The birds*, aqueles corvos e corvos e corvos e, sabe?, aqueles pombos e aquelas gaivotas reais e aquelas gaivotas réplicas, mecânicas– **Beatriz** Fique... **Detetive** Lento ritmo gestante: sem alarde, sem motivo aparente, irrompem ataques devastadores. Ataques imprevisíveis. Lento apocalipse. Por quê? **Beatriz** Fique... **Detetive** Pássaros. Inimigos de asas, bicos, penas, ossos. Inimigos palpáveis. **Beatriz** Fique... **Detetive** *Fique...*, hipnotiza, *Fique...*, encurrala. Das reticências: culpa, exclusiva, das reticências. Magnéticas. **Beatriz** Fique... **Detetive** Fósforo aceso à infância, o erro *Fique...* **Beatriz** Fique... **Detetive** Não. Erro. Não convém... **Beatriz** Fique... **Detetive** A pressa... [*Pausa*] **Beatriz** Mais um minuto...

Começa a tocar Amaro Freitas: Mantra.

15/8,
154º

Sonhando: ?, Creta?; ao grão final?

Segundo andar: não?– terra, vãos–
Do poste, o fio; de Κρήτη, em rota–?

Um, dez,
      veloz.

De gato, a cama?; então: *Gaivota?*

      Mas já?

      Grifado a lápis, no livro, **Нина** *Еще одну
минуту* e [sussurrante?, martelo-bigorna-
-estribo?] cada variação de infeliz <u>-и, ж. / 1
Чувство грусти и скорби</u> sustentada pelo
grafite: *печально, печальный, печаль–*

Voou? Do tempo, a conta: grãos.

      *Blecaute – o colapso do pesadelo – e
começa a tocar Henry Grimes: Solo #2;
em 1'36", grunhidos de um despertador
ofuscam a música.*

      25/8,
      164º

Lâminas embotadas

Centro de São Paulo: Avenida Ipiranga, 200. Bloco B. Trigésimo andar. Apartamento 3013, inerente à curva. 6:19. M. e W. acordam. Detrás da janela, a cidade é a miniatura da cidade. Cinzenta.

M. Fui dormir depois das três.

Ele: sombra dela.
(Sombra frustra Sombra – somem.)
Ela: sombra dele.

> *Broken hearts and dirty windows*
> *make life difficult to see;*
> *that's why last night and this mornin'*
> *always look the same to me.*

11:46.

W. E o jornal?, no *on-line*: leu?

Gira; rumo: rabo.
(Rosnam, lobos, *versus* homens.)
Gira, zeros, gira.

17:10. Ela, com os olhos embebidos no brilho do laptop, *nas engrenagens da agência, comenta,* en passant, *que "a noite, hoje, será longa".*

    M. Sinto falta do Apogeu.

——————; *praga.*
(————————————————)
——————

–:19. Duas telas de cristal líquido, fulgurantes: dois vaga-lumes.

    W. Não cogito *gravidez.*

Ela: sombra dele.
(Sombra frustra Sombra – somem.)
Ele: sombra dela.

29/8,
168º

Dédalos

— *Kongming–McLuhan–*
                燈   燈   S.
                    燈   O.
              燈   燈
                   燈
          燈

        S.

As chamas, a mensagem flutuante

                                              3/9,
                                              173º

(em sua plateia, os habitantes: caminham, vendem, arrebatam-se, queimam, vomitam, dialogam, gemem); sobre o palco, um teatro (em sua plateia, os habitantes: definham, mastigam, sofrem, deitam-se, operam, resmungam, trocam); sobre o palco, um teatro (em sua plateia, os habitantes: fingem, defecam, escavam, criam, compram, vigiam); sobre o palco, um teatro (em sua plateia, os habitantes: enlutam-se, comemoram, abatem, correm, desmatam, recebem, trajam máscaras Nô); sobre o palco, um teatro (em sua plateia, os habitantes: odeiam, assobiam, derrubam, trajam máscaras venezianas, ejaculam, torturam, engatinham); sobre o palco, um teatro (em sua plateia, os habitantes: rezam, alegram-se, tombam, estupram, cobiçam, constroem, bajulam); sobre o palco, um teatro (em sua plateia, os habitantes: revolucionam, excitam-se, mentem, analisam, plantam, copiam, beliscam); sobre o palco, um teatro (em sua plateia, os habitantes: urram, pescam, ensaboam-se, desatinam, escravizam, crescem, assistem); sobre o palco, um teatro – e admite-se que, oculto x oco remoto?, adjacente?, nesta estrutura babélica, desdobrável, imensurável, V.ii., o frei explica infortúnios – e admite-se que, oculto x oco remoto?, adjacente?, nesta estrutura babélica, desdobrável, Mousetrap, de Hamlet, *é montada – e admite-se que, oculto* x *oco remoto?, adjacente?, nesta estrutura babélica, Suposto Mefistófeles aplica o embuste doloso em Fausto – e admite-se que, oculto* x *oco, nesta estrutura, uma representação da leitura, por você, desta rubrica, cintila.*

11/9,
181º

[70]

                燈   S.   燈
                       O.   燈
-McLuhan-XXI-   S.   燈
                          燈

                       O.

                 S.

Florestas, a mensagem Desespero

                                              12/9,
                                              182°

[*Le Monde*]
Covid-19 : l'exécutif appelle les Français au civisme
BIÉLORUSSIE :
LE RÉVEIL D'UNE NATION

[*O Estado de S. Paulo*]
Estados fazem campanha para tentar evitar saída da Petrobrás

Pantanal tem rastro de animais queimados

Cobra carbonizada é encontrada perto da Rodovia Transpantaneira, no interior do Mato Grosso; fogo que se alastrou pelas matas de várzea e pelos pastos nativos da região do Pantanal tem dizimado cascavéis, sucuris, jacarés e outros animais.

[*The New York Times*]
RELENTLESS BLAZE ENGULFS THE WEST IN SMOKE AND FEAR

Wildfires in California destroyed Berry Creek Elementary School last week, but students were already equipped for remote learning.

[*Folha de S.Paulo*]
Mortes na fila de transplante crescem 44% na pandemia
CALOR TRAZ RUAS LOTADAS E EXPLOSÃO DE MOSQUITOS

11:39.

W. E o jornal?, no *on-line*: leu?

[*O Globo*]
Para MP, corrupção atingia mais de 20 órgãos da prefeitura

Onde está o novo coronavírus? Mais uma vez, num domingo ensolarado, banhistas encheram as praias do Rio, desrespeitando a proibição de ficar na areia devido à pandemia. Bares também tiveram aglomerações no fim de semana.

[*Público*]
Empresas dão incentivos a transporte individual

Regresso às aulas põe à prova as escolas

[*Nature Astronomy*]
Phosphine gas in the cloud decks of Venus

[*Эхо Москвы*]
НОВОСТИ *18:09.*

Сегодня в Сочи состоялись переговоры президентов России и Белоруссии

Владимир Путин подтвердил, что Россия рассматривает Белоруссию как ближайшего союзника и будет соблюдать все договоренности, в том числе по союзному государству...

[*The Guardian*]
No 10 faces showdown as Tory rebellion over Brexit bill grows

Nicola Adams on dancing with a woman and making TV history

14/9,
184º

Combustão cativa ─────

No ventre da garrafa de (findo) pastis –
miúda popa, proa;   miúdo convés;
com velas: véus brunetes –, brulote letal.

Declara Guerra, imóvel; consome-se?, não?
Declara Guerra, imóvel; consome-se?, não?
No invólucro: uma fina garoa, refém,

>> *despenca.*
>> Lágrimas.

23/9,
193º

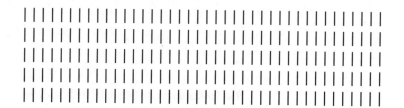

"Hamlet" to himself were Hamlet –
Had not Shakespeare wrote –
Though the "Romeo" left no Record
Of his Juliet,

It were infinite enacted
In the Human Heart –
Only Theatre recorded
Owner cannot shut –

30/9,
200°

Do isolamento de SupostE milystófeles

— *Quarentenado–*

after great pain, a formal feeling comes –
after great – *!!!* – solene senso vem –

        the Feet won't ever –
           Never – move –

    espanta-se–

after – *!!!* – eu? – ferida fúria – vem –
pós-fuzis – réu? – desvão – debacle – *!!!* –

        ele–

pós-cruel Dor, formal, o efeito, vem –
e estacam, sérios, Nervos – mausoléus –

        Dickinson?

– Realidade?

–

– – –

Feet –
Never – –

–

– !!! – – – –
– – – *– !!! –*

–

Dor –
Nervos – –

?

Estante. Globo. Cama. Escrivaninha. SupostE milystófeles, corrigindo: brida à tradução, -to Mefistófeles: nu, cicatrizes na perna direita, suor; ao computador. Ícone Safari. Pesquisa Lareira virtual. E: *alternativas de vídeos: tons de tangerina, ruivos, de mel. Com perpétuas iminências de balés bruxuleantes. Tons de cobre, de magma. Tons. Etnas em paralisia. Cantos dantescos em paralisia. Werner Herzog e Clive Oppenheimer, pause. 1080p. Suposto Mefistófeles, compenetrado, seleciona uma das alternativas* Para relaxar; *digita, em aba paralela,* Yahoo. *Spam e spam e spam e spam e* Oi, *e-mail de Alma. Suposto Mefistófeles adicionara, atirado?, alegando* interesses afins, Alma *em rede social. Alma é: fotografia bidimensional* de perfil, *adiáfanas autodescrições, raras postagens (dentre as quais um cômico-insípido* meme *que aborda a inexplicabilidade dos* memes, *metameme, com Chico Buarque satisfeito e Chico Buarque insatisfeito; dentre as quais uma inusitada recomendação à obra* Lichtbogen, *de Kaija Saariaho). No e-mail,* Só queria dar um oi, tudo bem por aí?; *toras virtuais crepitam. Suposto Mefistófeles abandona a escrivaninha e (concomitante, entra o Coro) arrasta sua perna direita, a doente, à estante. Espana poeiras:* " ; . – , : " . , " – , ... *Pega um livro. O espectador, intrigado, indaga-se* É o Coro *de infiel multidão – de eus líricos* ou o Coro, pretérito, *de mancos?; e, atordoado, especula disparidades.*

Coro Habitar. Juhani Pallasmaa. *O pintor fauvista Maurice de Vlaminck escreveu: "O bem-estar que experimento, sentado diante do fogo, quando o mau tempo impera do lado de fora, é puramente animal. Um rato em seu esconderijo, um coelho em sua toca, uma vaca no estábulo, devem sentir o mesmo contentamento que eu sinto". A imagem da lareira também contém conotações eróticas imediatas. Em seu livro* A cidade na história, *Lewis Mumford discute a influência da invenção do* *forno no comportamento sexual. Por meio da lareira e do fogo, o lar revela traços de seu passado evolutivo e de nossos impulsos biológicos. A lareira é um símbolo burguês da separação entre um fogo destinado ao prazer e um fogo destinado à preparação de alimentos, enquanto a imagem dos fogões tem conotações de vida campesina. Tendo passado a infância em uma fazenda, posso recordar vividamente o papel do fogão na estruturação da vida familiar, determinando os ritmos do dia e definindo os papéis femininos e masculinos. O fogão era o coração da casa na fazenda. Na casa moderna, a lareira foi achatada, convertendo-se em um objeto de função distante e decorativa. A imagem do fogo é tão poderosamente vívida que as modernas lareiras abertas são com frequência construídas com prateleiras em cima – como símbolos, sem nenhuma possibilidade de um fogo real. O próprio fogo foi domesticado e transformado em uma imagem enquadrada, destituída de sua tarefa fundamental de aquecer e alimentar a vida. A lareira deixou de ser um artefato relacionado à pele para se tornar um meio de prazer visual. Poderíamos falar do "fogo frio da casa moderna".*

c. 1862 – 2/10, 23:17, 32ºC
[ignoto]º

Contrastes

É: um deserto com – esparsas –

        Un désert –

tumbas com – inscrições –

        [...] *pour* [...] *penser* [...] *pas* [...]

É: um deserto – com – absconso –

        Desert – Void –

Mentes – com inscrições –

        Voices – All – Dead.

20/10,
220º

Monte-Carlo ———

——— Desmancha o *presente*, Penny;
concentra-se: mãos: lacunas;

(elipse anulando elipse
                     de Pêndulo de Foucault);

no claustro, desmancha dias
em dias; gangorras; névoa –
desmancha, a estação pregressa.

Penny sairá do estúdio para tomar a vacina. Voltará. E cometerá suicídio.

7/12,
268º

———— Aqueronte ————

———— *Caronte, em seu barco* ————, *remando, remando, remando, remando, remando.*

Ai! Rotina!, repriso cavas hídricas;

faina, lida vetusta (arcaicas gêneses);
órgão – ? – chulo – ? –, conduzo cacos frígidos,
firme esteira – ? – perene – ? –, *Ser* ou *Fábrica*?;
não me estorvem na faina!, fichas... rótulos...

Ai! Ajeito os tampões que zelam tímpanos.

18/12,
279º

Erma lâmina ———

Paz? Não espocam fogos de artifício. Denso negrume; poderia ser: tubo Rembrandt 702 Lamp Black *espremido. Uma cabana, longínqua (na Mata Atlântica?, na Romênia rural?, no Círculo Polar Ártico?) – M. (surpresa: havia, ali, um ser humano) inflama seu Cohiba Siglo III. Brasa. E canta, a brasa* For auld lang syne, my jo; *ou: canta* We'll tak' a cup o' kindness yet, *a sereia* For auld lang syne. *Ei-la, sem conselhos de Circe, coitada, uma aleluia: que se equivoca* Lua.

Espirala, à brasa, Aleluia (caça)
(camicase) [*brisas; deixou-se impor?*],
cada vez mais flexa; o enlace, traça:
cada vez, o enlevo, mais claro, à cor;

cada vez mais galgas, febris, ferozes,
batem lascas; traga, o desastre – Zum –:
por fumaça, a rubros fatais-atrozes,
onde não se atreve bombeiro algum.

31/12,
292º

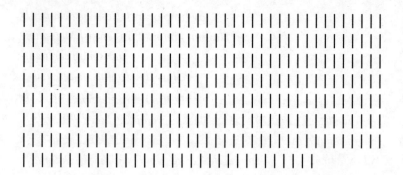

20/1,
312°

Clov *[implorant]* Cessons de jouer !
Hamm Jamais ! *[un temps]* Mets-moi dans mon cercueil.
Clov Il n'y a plus de cercueils.
Hamm Alors que ça finisse ! [...] D'obscurité !

cortina – Voz *cortina* – Voz *cortina* – Voz *cortina* – Voz *cortina*
– Voz *cortina* – Voz *cortina* – Voz *cortina* – Voz *cortina* – Voz
cortina – Voz *cortina* – Voz *cortina* – Voz *cortina* – Voz *cortina*
– Voz *cortina* – Voz *cortina* – Voz *cortina* – Voz *cortina* – Voz
cortina – Voz *cortina* – Voz *cortina* – Voz *cortina* – Voz *cortina*
– Voz *cortina* – Voz *cortina* – Voz *cortina* – Voz *cortina* – Voz
cortina – Voz *cortina* – Voz *cortina* – Voz *cortina* – Voz *cortina*
– Voz *cortina* – Voz *cortina* – Voz *cortina* – Voz *cortina* – Voz
cortina – Voz *cortina* – Voz *cortina* – Voz *cortina* – Voz *cortina*
– Voz *cortina* – Voz *cortina* – Voz *cortina* – Voz *cortina* – Voz
cortina – Voz *cortina* – Voz *cortina* – Voz *cortina* – Voz *cortina*
– Voz *cortina* – Voz *cortina* – Voz *cortina* – Voz *cortina* – Voz
cortina – Voz *cortina* – Voz *cortina* – Voz *cortina* – Voz *cortina*
– Voz *cortina* – Voz *cortina* – Voz *cortina* – Voz *cortina* – Voz
cortina – Voz *cortina* – Voz *cortina* – Voz *cortina* – Voz *cortina*
– Voz *cortina* – Voz *cortina* – Voz *cortina* – Voz *cortina* – Voz
cortina – Voz *cortina* – Voz *cortina* – Voz *cortina* – Voz *cortina*
– Voz *cortina* – Voz *cortina* – Voz *cortina* – Voz *cortina* – Voz
cortina – Voz *cortina* – Voz *cortina* – Voz *cortina* – Voz *cortina*
– Voz *cortina* – Voz *cortina* – Voz *cortina* – Voz *cortina* – Voz
cortina – Voz *cortina* – Voz *cortina* – Voz *cortina* – Voz *cortina*
– Voz *cortina* – Voz *cortina* – Voz *cortina* – Voz *cortina* – Voz
cortina – Voz *cortina* – Voz *cortina* – Voz *cortina* – Voz *cortina*
– Voz *cortina* – Voz *cortina* – Voz *cortina* – Voz *cortina* – Voz
cortina – Voz *cortina* – Voz *cortina* – Voz *cortina* – Voz *cortina*

– Voz *cortina* – Voz *cortina* – Voz *cortina* – Voz *cortina* – Voz
cortina – Voz *cortina* – Voz *cortina* – Voz *cortina* – Voz *cortina*
– Voz *cortina* – Voz *cortina* – Voz *cortina* – Voz *cortina* – Voz
cortina – Voz *cortina* – Voz *cortina* – Voz *cortina* – Voz *cortina*
– Voz *cortina* – Voz *cortina* – Voz *cortina* – Voz *cortina* – Voz
cortina – Voz *cortina* – Voz *cortina* – Voz *cortina* – Voz *cortina*
– Voz *cortina* – Voz *cortina* – Voz *cortina* – Voz *cortina* – Voz
cortina – Voz *cortina* – Voz *cortina* – Voz *cortina* – Voz *cortina*
– Voz *cortina* – Voz *cortina* – Voz *cortina* – Voz *cortina* – Voz
cortina – Voz *cortina* – Voz *cortina* – Voz *cortina* – Voz *cortina*
– Voz *cortina* – Voz *cortina* – Voz *cortina* – Voz *cortina* – Voz
cortina – Voz *cortina* – Voz *cortina* – Voz *cortina* – Voz *cortina*
– Voz *cortina* – Voz *cortina* – Voz *cortina* – Voz *cortina* – Voz
cortina – Voz *cortina* – Voz *cortina* – Voz *cortina* – Voz *cortina*
– Voz *cortina* – Voz *cortina* – Voz *cortina* – Voz *cortina* – Voz
cortina – Voz *cortina* – Voz *cortina* – Voz *cortina* – Voz *cortina*
– Voz *cortina* – Voz *cortina* – Voz *cortina* – Voz *cortina* – Voz
cortina – Voz *cortina* – Voz *cortina* – Voz *cortina* – Voz *cortina*
– Voz *cortina* – Voz *cortina* – Voz *cortina* – Voz *cortina* – Voz
cortina – Voz *cortina* – Voz *cortina* – Voz *cortina* – Voz *cortina*
– Voz *cortina* – Voz *cortina* – Voz *cortina* – Voz *cortina* – Voz
cortina – Voz *cortina* – Voz *cortina* – Voz *cortina* – Voz *cortina*
– Voz *cortina* – Voz *cortina* – Voz *cortina* – Voz *cortina* – Voz
cortina – Voz *cortina* – Voz *cortina* – Voz *cortina* – Voz *cortina*
– Voz *cortina* – Voz *cortina* – Voz *cortina* – Voz *cortina* – Voz

Epílogo: opaco mais opaco

― *Pneumologista: à sestra do leito de Paciente; à destra: Enfermeira.*

Pneumologista Pupilas: pregos.

%SpO2
0

Dois poços turvos e assimétricos.

Enfermeira Pupilas: que não respondem ao foco.

Rigidez dissimuladora: nas latitudes e longitudes oníricas intrínsecas a – designação modificada – Ex-Paciente, faiscavam imagens e, relâmpagos, pensamentos e emoções e, réstias, reminiscências. A astronauta, no decurso do almoço, mencionara Kongming apicultora?, almoço?; não: matéria de jornal; não: página de internet; não: conferência em Wan Chai; mencionara o cerco de Pingyang no ano de 230?, 231?, século III: acuado, o estrategista militar soltou balões ardentes buscando comunicar Emergência.

Pneumologista intrínseca O terceiro de hoje.

Faíscas: Ex-Paciente engendraria (de seu crânio, encerrado) e soltaria (para a UTI, para o exterior) balões Emergência.

Anestesista intrínseca Tem chão.

No delírio, convenceu-se conseguindo, conseguindo.

燈

Em 1'57", o solo de flauta de Pixinguinha progride, 1'58", 1'59", modula-se invencível, 2'00", 2'01", 2'02".

燈

Enfermeira intrínseca Almoço? 燈

燈

Papéis querosene?; Ex-Paciente segurava um isqueiro é o isqueiro de papai?, saudade; súbito, a mensagem desamparada flutuava, múltipla, flutuava, inundando a UTI, flutuava, inundando o hospital, transbordando, flutuava difusa à estratosfera, à ionosfera, à mesosfera.

燈

燈

Pai intrínseco Pupilas: de pedra. 燈

燈

Era bonita, a prática 燈 *de alerta.*

Ariadne intrínseca Desculpe.
Penny intrínsec(a?, o?, -?) Passaporte; no estúdio, pedal, motor, correia: gira o volante da máquina de costura; gira, o disco de vinil; *pigliate 'na paletta* meu Odisseu é: um Passaporte; *pigliate 'na paletta e va allu focu* no claustro, pedal, motor, correia: gira o volante da máquina de costura; gira;

[100]

rumo: rabo; *pigliate 'na paletta e va allu focu* meu Odisseu é:
um Passaporte; *allu focu a spark of fire burnt you* na oficina
clandestina, pedal, motor, correia: gira o volante da máquina
de costura; gira, zeros, gira; *it never has been a spark of fire*
meu Odisseu–

Ariadne intrínseca Desculpe.

Faíscas: e o colchão?, *no entorno, entranhas* reentrâncias rudes e
escarpadas de caverna? *e o lapso específico da infecção? correntes.*

Ariadne intrínseca Acabei cochilando.

Ao esquadrinhar as projeções, convenceu-se consegui – *conseguira
um parágrafo: uma paisagem* cartão-postal? *irreconhecível;
conseguira uma tesoura Wiss?; conseguira fogos-fátuos; auroras
boreais?; coquetéis molotov?; conseguira pegadas* areia?, neve?,
cimento fresco?, de animais?, grotte Chauvet?; *conseguira lábios
desprovidos de sabor, lábios de lixa life's not a paragraph. Cenas
provavelmente ficcionais.*

Astronauta, apicultora?, intrínseca Ei?

%SpO2
0

Cenas de elaboração natural, relances naïfs.

Anônima intrínseca Você cochilou?

%SpO2
0

Faíscas: projeções: uma garrafa borbulhas de champanhe. De pastis. Um gole.

Ariadne intrínseca [*abotoando o vestido?*] Acabou.
Anônima intrínseca Não há saída.

E não consegui?: projeções: apareceu, tímido, um interruptor em reentrâncias de caverna? *o interruptor. E: projeções: apareceu, na sequência, a* palma lisa *mão incógnita* nem a chuva, mãos tão mínimas. *E: projeções: na sequência,* oscilando semiacenos Acabou? *a sombra dos dedos incógnitos* raízes, nem a chuva, sem digitais *aproximou-se da sombra do interruptor, 2'58", cinco, 2'59", opaco mais opaco* Desculpe, *quatro, 3'00",* Acabou?, *provocando* Não há saída, *três, dois,* dinamite? *o clique derradeiro.*

Noite – extrema.

– Voz *cortina* – Voz *cortina* – Voz *cortina* – Voz *cortina* – Voz
cortina – Voz *cortina* – Voz *cortina* – Voz *cortina* – Voz *cortina*
– Voz *cortina* – Voz *cortina* – Voz *cortina* – Voz *cortina* – Voz
cortina – Voz *cortina* – Voz *cortina* – Voz *cortina* – Voz *cortina*
– Voz *cortina* – Voz *cortina* – Voz *cortina* – Voz *cortina* – Voz
cortina – Voz *cortina* – Voz *cortina* – Voz *cortina* – Voz *cortina*
– Voz *cortina* – Voz *cortina* – Voz *cortina* – Voz *cortina* – Voz
cortina – Voz *cortina* – Voz *cortina* – Voz *cortina* – Voz *cortina*
– Voz *cortina* – Voz *cortina* – Voz *cortina* – Voz *cortina* – Voz
cortina – Voz *cortina* – Voz *cortina* – Voz *cortina* – Voz *cortina*
– Voz *cortina* – Voz *cortina* – Voz *cortina* – Voz *cortina* – Voz
cortina – Voz *cortina* – Voz *cortina* – Voz *cortina* – Voz *cortina*
– Voz *cortina* – Voz *cortina* – Voz *cortina* – Voz *cortina* – Voz
cortina – Voz *cortina* – Voz *cortina* – Voz *cortina* – Voz *cortina*
– Voz *cortina* – Voz *cortina* – Voz *cortina* – Voz *cortina* – Voz
cortina – Voz *cortina* – Voz *cortina* – Voz *cortina* – Voz *cortina*
– Voz *cortina* – Voz *cortina* – Voz *cortina* – Voz *cortina* – Voz
cortina – Voz *cortina* – Voz *cortina* – Voz *cortina* – Voz *cortina*
– Voz *cortina* – Voz *cortina* – Voz *cortina* – Voz *cortina* – Voz
cortina – Voz *cortina* – Voz *cortina* – Voz *cortina* – Voz *cortina*
– Voz *cortina* – Voz *cortina* – Voz *cortina* – Voz *cortina* – Voz
cortina – Voz *cortina* – Voz *cortina* – Voz *cortina* – Voz *cortina*
– Voz *cortina* – Voz *cortina* – Voz *cortina* – Voz *cortina* – Voz
cortina – Voz *cortina* – Voz *cortina* – Voz *cortina* – Voz *cortina*
– Voz *cortina* – Voz *cortina* – Voz *cortina* – Voz *cortina* – Voz

cortina – Voz   *cortina*

Meus pais, Maria Helena e Walter, morando a 550 metros de distância de nós, na mesma rua, e – também desde março – em isolamento absoluto, vieram, caminhando, para nosso apartamento, no dia 6 de setembro (chegaram em torno das oito da manhã); ficaram até 25 de outubro (partiram, caminhando, em torno das sete e meia da manhã). Ficaram novamente em isolamento absoluto. Regressaram, caminhando, para nosso apartamento, no dia 22 de novembro (chegaram em torno das nove da noite); ficaram até 6 de dezembro (partiram, caminhando, em torno das sete da noite). Ficaram novamente em isolamento absoluto. Regressaram, caminhando, para nosso apartamento, no dia 20 de dezembro (chegaram em torno das seis da manhã); ficaram até 13 de janeiro (partiram, caminhando, em torno das cinco e meia da manhã). Ficaram novamente em isolamento absoluto.

No dia 8 de novembro (em torno das seis e vinte da manhã), Eliane saiu para caminhar ao ar livre: oito quadras e meia, ida – oito quadras e meia, volta; um trajeto em linha reta.

Um compromisso profissional (em estúdio de música), no dia 21 de janeiro de 2021, lacerou meu isolamento absoluto. Eliane e Eduardo saíram comigo.

As datas referentes a cada segmento são datas de propulsões.

燈 *é uma fonte de iluminação.*

—— *O travessão que parte, eventualmente, desde a margem esquerda, indicando o início de novo conteúdo, foi uma solução criada pela equipe de designers da Bloco Gráfico – para evidenciar a transição dos diálogos que compõem o livro* Mentiras *(Nós, 2016), meu livro de estreia. Quando escrevi* Identidades, *meu segundo livro, utilizei adaptações e variações da proposta; é um recurso que incorporei em meu trabalho: pela centelha, sou grato à Bloco Gráfico.*

Armadilhas incubadas, *em versão pregressa, foi lido, pela primeira vez, em* live (Palavras Cruzadas: *com Aline Bei e o convidado Paulo Scott; transmitida via Facebook) no dia 10 de abril.*

Até que a noite, *em versão pregressa, foi lido, pela primeira vez, em* live (Palavras Cruzadas: *com Aline Bei e o convidado Manuel da Costa Pinto; transmitida via Facebook) no dia 3 de abril.*

Parêntesis, *em versão pregressa, foi publicado no jornal* O Estado de S. Paulo, *no dia 13 de junho. Agradeço aos três primeiros leitores do original: Ubiratan Brasil, Juliana Leite e Manuel da Costa Pinto. [Uma performance do texto foi gravada – a distância – no dia 13 de novembro. Pelo computador, contracenei (no papel de Ele) com Natália Lage (Ela); André Mehmari interpretou as rubricas.]*

Anatomia do Paraíso, disparo tchekhoviano, *em versão pregressa, foi lido, pela primeira vez, em* live (Palavras Cruzadas: *com Aline Bei e a convidada Beatriz Bracher; transmitida via Facebook) no dia 24 de abril.*

Duelo, *em versão pregressa, foi lido, pela primeira vez, na Virada Cultural 2020 (no contexto da intervenção literária* on-line Coro de Vozes, *da Biblioteca Mário de Andrade; veiculada pelo YouTube), no dia 13 de dezembro.*

A cena mais profana, *em versão pregressa, foi lido, pela primeira vez, na Virada Cultural 2020 (no contexto da intervenção literária* on-line Coro de Vozes, *da Biblioteca Mário de Andrade; veiculada pelo YouTube), no dia 13 de dezembro.*

Este livro foi composto na tipografia Minion Pro,
em corpo 10,5/15, e impresso em
papel off-white na Gráfica Vozes.